VOLL IM TREND!

***stern**humor* herausgegeben von Rolf Dieckmann

anlässlich einer Ausstellung in der

FABRIK
DER
KÜNSTE

Mit Beiträgen von

Gerhard Haderer, Til Mette, Tetsche und Tobias Schülert

Lappan

VORWORT

Man will halt dazugehören

Von Rolf Dieckmann

Wenn plötzlich alle Frauen oversized coats tragen, junge Männer sich Vollbärte wachsen lassen, kleine Mädchen beim Anblick von geföhnten Boygroups Schnappatmung bekommen, Männer ohne Vollbärte auch alle anderen Körperhaare entfernen, Fans nächtelang für ein schweineteures Apple-Produkt Schlange stehen. Wenn Landleben plötzlich Lustgefühle auslöst, Carsharing hipper ist als Autokauf, vegane Ernährung zum intellektuellen Outfit gehört, „Nachhaltigkeit" zum Lieblingsbegriff aufsteigt, Vampire und Sado-Masochisten die Literaturcharts stürmen – dann wissen wir: ein Trend ist da! Wie entsteht eigentlich ein Trend, und wer macht ihn? Nehmen wir doch mal den männlichen Bart. Während zu Kaisers Zeiten für den gestandenen Mann der gepflegte Bart ein absolutes Muss war und mit Pomade und nächtlicher Binde in Form gehalten werden musste *(„Ein Kuss ohne Bart ist wie die Suppe ohne Salz")*, verschwand das Gesichtshaar zusammen mit Monarchen und Diktatoren. Die junge Demokratie zeigte sich glatt rasiert, der Trend war die makellose Rasur. Erst die jugendlichen Verächter des Establishments entdeckten den wilden Zottelbart als Provokation und griffen erst wieder zum Rasierer, als Gewerbeschullehrer und Angestellte im öffentlichen Dienst sich eine Gesichtshecke zulegten. Eine Weile lief Mann dann wieder glatt geschabt durchs Leben, bis sich der Trend zum Drei-Tage-Bart durchsetzte. Während Bartstoppeln noch in den Achtzigern als ungepflegt galten, ließen es bald Fußballtrainer, Rapper, Politiker und geistliche Würdenträger hemmungslos sprießen. Allerdings immer nur drei Tage. Dann wurde gekürzt. Aber plötzlich war die Vollversion wieder da. George Clooney, Brad Pitt und Leo di Caprio machten es vor, und alle machten es nach. Sogar im gehobenen Management war der Vollbart wieder trendy, bei Chefredakteuren und deren Stellvertretern sogar ein absolutes Muss.

Einer macht es vor, zwei machen es nach – der Trend ist da. Und manchmal ist er auch ganz schnell wieder verschwunden, oder erinnert sich noch jemand an das Tamagotchie, eine Art virtuelles Küken, das seinen Besitzer mit seinen ebenso virtuellen Bedürfnissen auf Trab hielt und eine Zeit lang absolut trendy war? Auf jeden Fall war es für den Hersteller ein gutes Geschäft.

Trend und Geschäft sind untrennbar. Doch oft ist nicht zu ermitteln, ob mit einem Trend ein Geschäft gemacht wird oder ob das Geschäft einen Trend kreiieren möchte.

„Der Trend geht in diesem Sommer zum geblümten Kurzgummistiefel im Chelseaboot-stil", sagt die Verkäuferin und überzeugt die Kundin zum Kauf eines Schuhwerks, das vor Kurzem nur in landwirtschaftlichen Sumpfgebieten zum Einsatz kam. Potthässlich, aber Trend ist eben Trend. Man will halt dazugehören.

Damit sich die Industrie auf Trends einstellen kann, braucht sie Trendforscher. Das sind Menschen, die heute schon riechen, was morgen erst stinkt. Eine besondere Ausbildung braucht man dazu nicht. Nur die Fähigkeit, überzeugend zu begründen, was morgen und übermorgen die Menschheit begeistern wird, wo man zugreifen oder was man lieber sein lassen sollte.

So wie Wallenstein, der Befehlshaber der kaiserlichen Truppen im Dreißigjährigen Krieg, sich einen italienischen Astrologen hielt, so halten sich heute viele Unternehmen einen Trendforscher. Schon aus Angst vor gigantischen Fehleinschätzungen von Fachleuten, die in der Vergangenheit die Produktion von Scheibenwischern und Wegwerfwindeln abgelehnt hatten, weil die Menschheit nach ihrer Auffasssung so etwas nicht brauche. Auch die Prognose eines gewissen Thomas Watson, 1943 Chef von IBM *(„Ich denke, es gibt weltweit einen Markt für vielleicht fünf Computer!")*, erwies sich als leicht fehlerhaft. Und die Musikexperten der Plattenfirma Decca, die 1962 die Beatles ablehnten *(„Die Zeit der Gitarrencombos ist vorbei!")*, mussten bald einsehen, dass das Publikum diese Einschätzung nicht teilte. Hin und wieder gab es aber auch richtige Prognosen. So sagte Darryl F. Zanuck, Gründer von 20th Century Fox im Jahre 1930: *„Die Leute werden es bald leid sein, jeden Abend in Sperrholzkisten zu glotzen."* Er hatte recht. Fernsehgeräte befinden sich heute nicht mehr in Sperrholzkisten.

Verhaltensweisen unterliegen eben auch dem Trend. Dazu gehört das Beenden einer langjährigen Beziehung per sms, was aber immerhin noch rücksichtsvoller ist als das „Ghosting", bei dem man abtaucht und nichts mehr von sich hören lässt. Unverschämt, aber trendy.

Ein Dauertrend ist das Ansammeln von Freunden, die man nicht kennt und nie im Leben treffen wird. Allerdings kann man mit deren Hilfe auch selbst zum Trendsetter werden, denn damit eine Idee sich durchsetzen kann, braucht man möglichst viele Menschen, die nachahmungswillig, aber fest davon überzeugt sind, ein Schwarmverhalten individualisiert zu haben. Wo ginge das besser als im Internet?

Soziologen erklären das Verhalten, sich Trends anzupassen, mit dem Wunsch des Menschen nach sozialer Zugehörigkeit. Schon mit der Kleidung wollen wir demonstrieren, zu welcher gesellschatftlichen Gruppe wir gehören.

Es gibt nicht den geringsten vernünftigen Grund, den Schirm einer Baseballcap, der Sonnenblendung verhindern soll, nach hinten zu tragen. Aber die meisten tun es, *„weil, das ist mein persönlicher Stil und außerdem cool!"*

Gerade in der Mode ändern sich Trends in rasanter Geschwindigkeit, und nichts bringt das Publikum so zu Lachanfällen, wie der Rückblick auf das, was gestern chic war. Oder kann man heute verstehen, dass Popstars mit gefönten Vo-ku-hi-la-Frisuren in neonfarbigen Jogginganzügen aus Ballonseide noch vor Kurzem Teenager zu orgasmischem Kreischen brachten?

Der Mensch ist eben sehr kompliziert, befindet Faith Popcorn, Amerikas führende Trendforscherin.

Und weil das so ist, ist das Trendverhalten des Homo sapiens ein gefundenes Fressen für Satiriker und Cartoonisten.

Die Zeichner des *stern* haben das oft merkwürdige Benehmen ihrer Artgenossen schon immer mit Wonne beobachtet und zeichnerisch kommentiert.

In der Sammlung dieser Cartoons hat jeder nun die Gelegenheit, sich in der Disziplin der Selbstironie zu üben. Denn irgendeinen Trend, der hier dokumentiert wird, hat man mit Sicherheit selbst einmal mitgemacht. Schließlich will man dazugehören. Irgendwie.

GERHARD HADERER

Der Österreicher ist der Barocke unter den Zeichnern. In ausgefeilter Technik alter Meister liefert er jede Woche ein Gemälde von feinstem Pinselstrich, in dem er schöne Bösartigkeiten unterbringt. Oder – wie er selber sagt: „Der erste Blick ist Sonnenschein, der zweite nicht mehr ganz so heiter“.

Wir sind ein Volk!

Mein spektakulärstes Urlaubs-Selfie

Dosal mit
Quasteln

Dosal
mit
Quasteln

Neonazis im Anzug! Woran man Rechtsradikale dennoch erkennt

Woodstock – 40 Jahre später

Wunschtraum des gebeutelten Steuerzahlers: der Null-Tarif -Beamte

Landlust

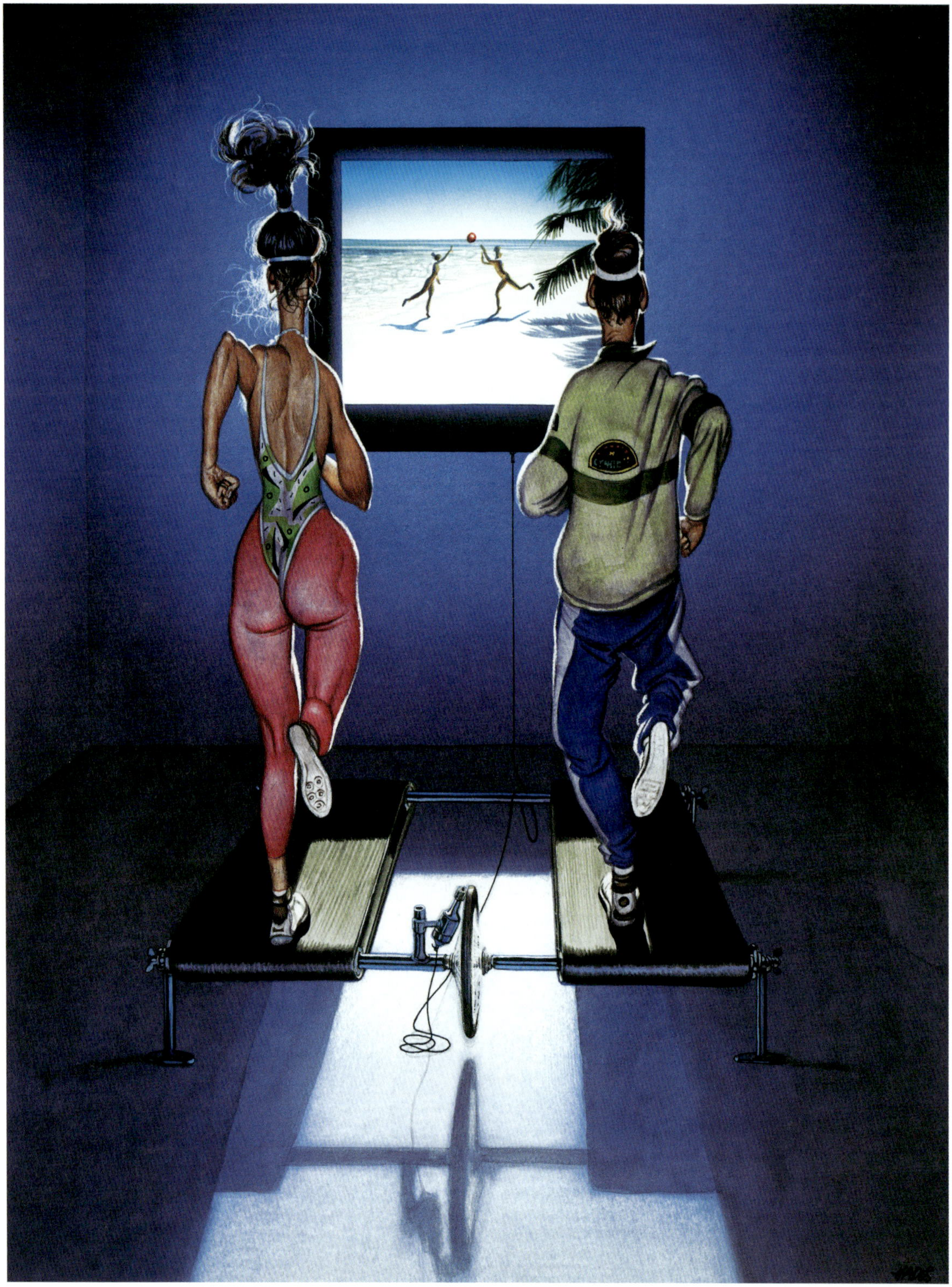

Strom sparend fit in den Winter

Den Verlust von Ken hat sie nie überwunden: Barbie wird fünfzig!

Vorbildlich: Immer mehr Autobesitzer bevorzugen Wasser sparende Pflegemethoden

Traditionell unfriedliche Koexistenz: Autofahrer und Radfahrer

Bella Figura. Die Guttenberg-Inszenierung

Neuer Trend: Piercing findet auch in bürgerlichen Kreisen immer mehr Freunde

Schäubles Traum

Immer noch Mangelware: sommerlich korrekte Herrenkleidung

15
JUNI
IN:
OUT:
• Designer-Sofas
• Riesige helle Marmoreier
• Windspiel-Wuffis
• Avantgardeleuchten
• Carl-Lagerhaus-Mode
• Golf
• Äthiopische Adoptivbabies

Vanessa

Wintersportsaison: Neue Kräfte sammeln in der Einsamkeit der Berge

Wirksames Mittel gegen die Novemberdepression: ein paar Tage in den sonnigen Süden fahren!

Fußballer-Frisuren

Das Weihnachtsgeschäft boomt: Noch nie wurde so teuer und stilsicher eingekauft!

Nach Wahlsiegen und neuem Styling kaum wiederzuerkennen: die Kandidatin

Immer mehr deutsche Männer möchten eine Ausländerin heiraten, weil die anpassungsfähiger sind

Regel Nummer eins für Jackpot-Gewinner: möglichst unauffällig weiterleben!

Immer mehr Verständnis für die Probleme der Dritten Welt

Andere Länder, andere Hüte. Die Queen auf Staatsbesuch in Virginia

Die Angst der Tattoo-Träger vor dem Alter

TIL METTE

Foto: Janina Rahn

Er ist der Radikale unter den Zeichnern. Kein Thema ist ihm zu brenzlig, das Tabu für ihn ein unbekannter Begriff. Sein Strich ist schnell und treffend, er entlarvt das Absurde in der Realität. Lange Jahre in Amerika haben mit dazu beigetragen, dass sein Stil unverwechselbar ist.

TIL
WIR GEBEN NIX, ABER WIR LADEN ES BEI YOUTUBE HOCH UND KLICKEN „MAG ICH"
DANKE

SAG MAL WAS TWITTERABELES!
TIL

SEITDEM ICH ES CROWDFUNDING NENNE, IST ES MIR NICHT MEHR SO PEINLICH.
DANKE
TIL

KURZE HOSEN SIND MEINER MEINUNG NACH EIN TOTALES NO-GO!
WEM SAGEN SIE DAS?!
TIL

TIL
HAUPTSTRASSE
SOLANGE ES SICH BEI 40°C RAUSWASCHEN LÄSST, BIN ICH FÜR DIE FREIHEIT DER KUNST LAUT ART. 5 GG!

KOMMT DIESER VALENTINS-SCHEISS VON DIR?
TIL

KANN MAN WENIGSTENS DIE ENDORPHINE ALS APP RUNTERLADEN, ODER MUSS MAN DIE AUCH SELBER AUSSCHÜTTEN?
TIL

NICHT WAS SIE DENKEN... ABER
ICH LEBE IN SACHSEN UND
HABE FRAU UND KINDER!
TIL

Mülltrennung in Zeiten der Gender-Debatte

WIE IST ES, WENN SIE MERKEN, DASS DIE LEUTE HINTER IHREM RÜCKEN ANFANGEN ZU TUSCHELN, NUR WEIL SIE RAUCHERIN SIND?
TIL

ICH LASS MIR MEINE GESCHLECHTSORGANE VERPIXELN. DANN KANN ICH IM URLAUB AUCH IM AUSLAND IN DIE SAUNA.
TIL

TIL

NEU AM MOUNT EVEREST:

„DER GIPFEL SELFIE-SHERPA"

UND...?? WIE WAR ICH? (DAS WILL JEMAND AUF FACEBOOK WISSEN)
TIL

AUS ÄSTHETISCHEN GRÜNDEN
IST EIN BESCHNITTENER PENIS
NATÜRLICH VIEL ATTRAKTIVER
UND ICH IDIOT HAB'
MIR MÜHSAM ABGEWÖHNT,
AUF PARTIES ÜBER
TITTEN ZU QUATSCHEN...
TIL

WOW, GEILE ACHSELHAAR-EXTENSIONS...
TIL

KEINE SORGE, IN DIESEM UNTERNEHMEN ERWARTET NIEMAND, DASS SIE SICH DIE EIER EINFRIEREN LASSEN!
TIL

SCHAU DIR AN, WAS AUS UNS GEWORDEN IST. WIR MÜSSEN SCHLUSS MACHEN MIT CRYSTAL METH!
TIL

WAS MÖCHTEST DU EIGENTLICH SPÄTER EINMAL WERDEN?
IRGENDWAS MIT HANDY
TIL

ICH KÖNNTE JETZT EINEN DOPPELTEN LATTE MACCHIATO VERTRAGEN.

WARUM LASSEN SIE SICH NICHT SPONSORN?
DANKE
TIL

DAS HAT EIN ALGORITHMUS AUF EINEM SHOPPINGPORTAL FÜR MICH ERRECHNET: „BIOKARTOFFELN"
TIL

STÖRT ES DICH, WENN ICH SO TUE, ALS WÜRDE ICH RAUCHEN?
TIL

MEINE FRAU IST MUSLIMA, ICH BIN KATHOLISCH, UND ALS KOMPROMISS ERZIEHEN WIR UNSERN SOHN JÜDISCH-ORTHODOX
TIL

Zum undogmatischen Vegetarier
ICH NEHME DIE GEBRATENE AUBERGINE AUS METT...
TIL

VERSUCHEN SIE ES MAL MIT YOGA. DAS HAT MIR GEHOLFEN!
TIL

TETSCHE

Der Meister des niveauvollen Blödsinns. Mit einer treuen Gemeinde, in der die jungen Fans nachwachsen und jede Woche die traditionellen Markenzeichen in seinen Cartoons suchen: das Spiegelei etwa und natürlich den Pümpel. Und natürlich die Rebus-Rätsel, die durch ihre eher lautmalerische als orthografisch korrekte Begriffsbildung die Leser grübeln lassen.

»Voll im Trend«

Ausgang
Fritz-Wolf-Pl
DU HAST SCHLIESSLICH 'N ARSCHGEWEIH! DA KANN ICH MIR JA WOHL DIE EIER BE-MALEN LASSEN!
Heikes
EIERBEMALSHOP
LIEBST MICH NOCH?
DA WEISS MAN, WO'S LANGGEHT!
Große Oster-Aktion
Ich bemale auch mitgebrachte Eier!
(2 zum Preis von 1)
GUTE IDEE!
JETZT GLEICH?

ACHTUNG
ROLFI WAR HIER!
Köterstraße
SCHON MA' MIT BOTOX VERSUCHT!??
ARE YOU MONI TONIGHT?
HEIKE LIEBT LAGERLÖFF!
Barum?
DORUM!
FEUCHTE RÄUME ZU VERMIETEN!

ICH KUCK MA' SCHNELL NACH 'NER ORGASMUS-APP!!!

GEIL!!!
ESSEN AUF
RÄDERN!

DICH LEG ICH AUCH NOCH MAL FLACH!!!

FÜR SIE HÄTT ICH'N JOB ALS WHISTLE-BLOWER!
RÜSSEL-BLOWER?? HÖRT SICH GUT AN!! NEHM ICH!!!
Agentur für Arbeit
Es umtüddelt Sie:
A. Nahles
Sch - Wer
Hoe - Rig
HÖRMA! HEUTE NIX
Barum?
DORUM
Immer mehr verweigern Hörgeräte!

WAR 'NE BLÖDE IDEE MIT DER INTIMRASUR!!! ICH WÜNSCH MIR DOCH LIEBER 'NE DAUNENJACKE ZU WEIHNACHTEN!

NA BITTE!!! GESTREIFT IS' IN!!

DA FEHLT JA DAS LENK-RAD!!!
KLARER FALL VON STEUERFLUCHT!
STD LR 29

WENN SIE NOCH EINMAL STREIKEN... FLIEGEN SIE!
KNUFFELS SPINSELS WREVELS
GABI ICH FLIEG AUF DICH!

MIR HAT MAN ERZÄHLT, WIR MÜSSTEN NUR 'N FRAGEBOGEN AUSFÜLLEN!!!
08
22
46
02
29

Das geheime Leben der Bäume: Latschenkiefer auf dem Weg zur Arbeit

ACH, DU SCHEISSE... ICH HAB JA NUR ZWEI FOLLOWER!!!

Fifty Shades of Grey
UND ICH DACHTE, DAS HÄTTE WAS MIT VÖGELN ZU TUN!!!

SCHATZ, FÜR DICH!!! DER MANN VON DER STERBE-HILFE!
HIER SEELE BAUMELN LASSEN!

LÄSST DU DIR AUCH DIE EIER EINFRIEREN?
ICH GLAUB, ES HACKT!!!

DU SOLLTEST DEN GÜRTEL AUCH MAL ETWAS ENGER SCHNALLEN!

O GOTT!!!
EIN SHITSTORM!

Henri-Nannen-Platz
WAS GEHT DENN HIER AB?
GIBTS'N GRUND, WARUM DU DIR EINEN KNALLST??
DEN STERN, DEN HAB ICH GERN! ABER NOCH VIEL GERNER MAG ICH
KLAR! WEIL ICH'N KATER HABEN WILL!!!

KUCK MAL...DER MOND NIMMT AB!!!
BENEIDENS-WERT!!!

WAS HÄLTST DU EIGENTLICH VON FRACKING!??
...WEM'S STEHT!?

IST ES NICHT WUNDER-VOLL, SEINE SEELE BAUMELN ZU LASSEN!??
JAJA, MAN SIEHT'S!!

NA!??
HEUTE SCHON
GELEBT?
MÜSST' ICH
GOOGELN!
HIER SEELE
BAUMELN LASSEN!
DANKE!
BETTINA R.
WAR HIER!
Barum?
DORUM

ICH WILL ZURÜCK ZU MEINEN WURZELN!
COUCH
ICH & MAMI 16.00 h
PAPI 21.00 h
HEIKELMANN 21.30 h
PINK-MATRATZE FÜR MARION!
KAJE FRAJE 16.30 h
WOLLI KNOLLI
Barum?

KEIN HEMD ÜBERM HINTERN, ABER 'NE PELZJACKE VOM FEINSTEN!!

TOBIAS SCHÜLERT

Zuständig für Humor & Satire beim *stern* und bei *stern.de*. Liebt das Abstruse und Groteske. Schätzt das Internet als Bühne, auf der er seine verdrehten Pointen präsentieren kann. Humorist mit Diplom und Träger des Deutschen Cartoonpreises. Produzierte Animationsfilme und stolperte als Schauspieler durch einige Kurzfilme.

HI STEFFI, HAB MEIN HANDY VERLOREN KANN ALSO KEINE SMS SCHREIBEN :-(
LUST AUF KINO?
LG, INGO

KOMMEN SIE MIT
IN DIE KANTINE?
NEBEN IHNEN SEHE ICH
SO SCHÖN DÜNN AUS!

HUCH! HILDE, LIES DOCH MAL
VIELLEICHT GIBT ES BALD
KEINE PELZMÄNTEL MEHR
KLÖTZER
GREENPEACE
NEWS:
ROBBEN VOM
AUSSTERBEN
BEDROHT
Gucci

FAQ
1. KENNEN WIR UNS?
2. VERMISST GOTT EINEN ENGEL?
3. GANZ ALLEIN HIER?
4. FICKEN?

MÜLLER, WIE SEHEN SIE DENN AUS?
ICH HABE DEN HALBEN TAG URLAUB
SCHÜLERT

„ICH HAB MEINEN BAUSPARVERTRAG AUFGELÖST UND MIR DIESEN LAPTOP GEKAUFT!"

HALLO DIETER, SAG MAL, HAST DU ABGENOMMEN?
ES FUNKTIONIERT!
SCHÜLERT

ALLES GUTE ZUM GEBURTSTAG, SCHATZ!
ACH, BIST DU JETZT AUCH BEI FACEBOOK?

NA, HEUTE SCHON UNTEN GEWESEN?
ICH BIN PFANDSAMMLER!
EINGANG HÖHLE

BAUMARKT
DU WOLLTEST DOCH SPAZIEREN GEHEN

KANN ICH EINEN CARO-KAFFEE MIT LAKTOSEFREIER MILCH HABEN?!
KANN ICH MAL DEINEN BEHINDERTENAUSWEIS SEHEN?

RÄDER
ANTIQUITÄTEN
KEULEN
SCHÜLERT

Endlich, Frauenfußball ist in der Männerwelt angekommen!

BEIM SOMMELIER-TREFFEN

ICH MÖCHTE MICH GERNE BERUFLICH VERÄNDERN, CHEF.
WIE WÄRE ES MIT WENIGER GEHALT?

1
2
3
4
5
IM GEZEITEN-BAD

In der Kinder-Model-Agentur

UNSER KIND WÄCHST ZWEISPRACHIG AUF!
GLL ... BLA .. BLA .. GLÜLL .. BLL .. BLI BLA ... !

MEIN NEUES LEBEN
XXS

Der 3D-Playboy ist da

GUTEN TAG, ICH WOLLTE IHREN INTERNETANSCHLUSS FREISCHALTEN!
INTERNET? GIBT'S DAS NOCH?
ALS DER TELEKOM-TECHNIKER DOCH NOCH KAM

WIR HABEN EINE FREUNDSCHAFTSANFRAGE VON DEN HÖHLENMENSCHEN.
NICE TRY!

OCH, WAS HAT ER DENN?
SATELLITENSCHÜSSEL!

WIR HABEN NOCH KEINE LÖSUNG!
WIR GOOGELN ABER MASSIV WEITER!
TOBIAS·06

SO LANGSAM HEIẞT ES FÜR MICH: ANDERE TÖCHTER HABEN AUCH HÜBSCHE MÜTTER!

ISBN 978-3-8303-3456-9

Herausgegeben von Rolf Dieckmann
Umschlaggestaltung: Tetsche
Redaktion: Antje Haubner
Herstellung|Gestaltung: Monika Swirski
Druck und Bindung: Balto Print
Printed in Lithuania

MIX
Papier aus verantwortungsvollen Quellen
FSC® C107574
www.fsc.org

www.lappan.de